野木桃花句集

# けふの日を

東京四季出版

けふの日を・目次

装幀　髙林昭太
装画・中扉　桜井さやか

# 句集　けふの日を

平成二十年〜平成二十五年

# I

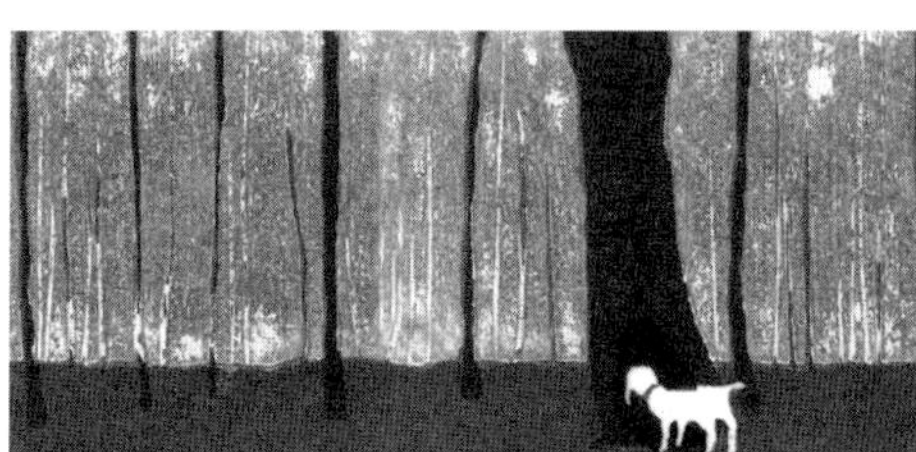

けふの日を畳んで了ふ花筵

うららかや仮名を散らして手漉和紙

ことのほか青き空なり名草の芽

臥龍梅ふところ深く日を抱く

さみどりのゐくぼ生まるる春の池

大ぶりな茶碗の文様春立てり

# 再会のことばやはらか春ショール

わが町の天覧梅の白きこと

しら梅に香りほぐるる日差しかな

白梅やうすき日差しを裏返す

それぞれに余所行きの顔梅日和

種案山子担がれてゆく日和かな

春の雷時刻通りに村のバス

ひたひたと風の伝言春渚

風光る流線形の沖の島

まつすぐに犬の足跡春渚

早春の砂を吐かせてスニーカー

青き踏む塩嘗地蔵の切通し

さざ波の光は多彩湖のどか

やはらかな夕べとなりぬ沈丁花

土筆坊伸びて里山らしくなる

振り返るひとりの時間おぼろ月

春障子猫が自在に出入りして

奥の間のことりともせず御殿雛

いろ重ね影を重ねて吊し雛

母在さば桃の節句の灯を点す

菩提寺の庇拝借つばくらめ

曇天の海越えて来し初燕

今日ひと日小谷戸に遊びつばくらめ

蒼穹の道なきみちを燕来る

ひとしきり心の襞へ遠蛙

読みさしの甲子吟行春しぐれ

漆黒の潜水艦にある余寒

桃咲いてあたり一面さくら色

保津川のゆるき流れや花筏

商ひも俳句も一途あたたかし

大ちやんと愛称で呼ぶおぼろ月

イースター祝意高まるヴァチカン市

受難節地震にとび起く旅の宿

春灯ベール俯く懺悔室

コロッセオの疵を広げし受難節

陽炎や石柱ゆらぐ古代都市

カプリ島春の女神と出会ひたる

聖母像春日に禱る列長し

ローマへと真白き法衣のどかなり

巻貝の中に籠りぬ花の冷

陽炎や屈めば匂ふ里の風

葱坊主みんな倒れてしまひけり

手に馴染む極太のペンあたたかし

陶工の柱に凭れ夕桜

二月堂

たましづめ修二会の僧の影拝す

頤の寒くうつむく修二会僧

杉の葉の匂ひ束ねてお松明

春しぐれ練行衆の沓の音

八方へ火の粉崩るるお松明

蒼白き火の粉を降らす修二会寺

お水取五体投地の堅き音

鎮魂の堂のしづけさ修二会果つ

春宵の闇に重さのありにけり

# 文士村ひねもす花の雲の中

潮騒に眼閉づれば長閑なり

春愁のいろ濃くありぬ一茶句碑

もてなしは花菜の風と牡丹餅と

子規像に愚痴の落書春時雨

目の細き子規の塑像や春灯

鏡台に秘密の小箱犀星忌

人がみな大きく見ゆる涅槃西風

堂を守る笑ひ閻魔や眼のぬくし

をしみなく甘茶を灌ぐ小宇宙

陽炎の中にクルスの墓標かな

# この村の一本桜鏡池

名取思郷先生十七回忌

訥訥と思ひ出語る緑舟忌

花好きの師の菩提寺へ紋白蝶

負ふもののひときは重し花擬宝珠

春光を浴びて逍遥眼鏡橋

ねこやなぎ明るき雨となる夕べ

そのことは語らず終ひ花の雨

わけもなく涙こぼれて蝶の昼

# II

教会の空席に置く夏帽子

静かな木しづかに暮るる青山河

麦藁帽大きな闇を抜けて来る

梵鐘のうおんうおんと梅雨兆す

夕涼しスローライフの陶芸家

里山の風を呼び込む籠枕

陶房の窓辺涼しく姉妹

足のうらきれいに洗ふ終戦日

# 炎天に言葉を探す被災の地

罹災の地夏鶯に目を覚ます

福島へ予後の身かばふ白日傘

あぢさゐの青を尽くして被災の地

沈黙の草田男の句碑梅雨明くる

ほつこりと福島訛り夕端居

雲の峰智恵子の空と風に会ふ

山百合や口を閉ざしてゐる夕べ

名取思郷先生の句碑を訪う

ハンカチで拭ふ碑師の忌過ぐ

師の句碑の涼しくありぬ里言葉

蕎麦咲いて信濃の空の高曇

小諸「日盛句会」にて

薫風や丘になじみのワイナリー

蕎麦打ちの準備中なり蟬しぐれ

高原に憩ふ一会の白日傘

極上の香り涼しくワイン蔵

真昼間の水音涼し懐古園

藤村の記憶繙く落し文

夏大根添へて城址の蒸籠蕎麦

川蜻蛉旧知のごとく肩に来る

初夏の白き蛾神の化身とも

落日のいろをとどめて落し文

はつなつの風をとらへし大欅

夕薄暑ゆるりと船の移る岸

湖の暮れて一灯五月雨るる

水際に影の相寄る梅雨の月

夏が来る保土ヶ谷宿に下駄の音

眼差しの涼しくありぬ天井画

熊蟬やうすむらさきに地蔵院

工房の窓全開に梅雨明くる

左折して出会ひ頭に牛蛙

父の日やあの日のままの腕時計

水槽の鰻をぬつと摑みをり

祭笛記憶の底に父が居て

花山車の大曲りして傘まぶし

浜つ子の息をひとつに大神輿

黄昏の水辺離るる祭笛

どの道を行くも青田の風を友

無力かも知れぬ朝の髪洗ふ

# 葉桜を天蓋として句碑除幕

祝　安田誠一氏句碑除幕

# 臨月の子にほつこりと豆御飯

娘男児出産

泣き止みし小さき命早苗月

命名の一字父より朴咲けり

みどりごや氏神様へ白日傘

古書店や梅雨のしめりの二階まで

鬼灯のよく鳴る日なり大藁屋

# 籐椅子に心あづけて旅の地図

縦横に水湧くところ余花の雨

雨脚の激しくなりぬ蜘蛛の糸

青梅雨や古代遺跡のありし町

無住寺に灼けてゐるなり力石

青柳八方へ日をふりこぼす

捨猫に言葉涼しき尼僧かな

寺の坂日傘の陰を分かち合ふ

たかんなの影濃きところ農具小屋

裏山の夏鶯や雨上がる

全身をやはらかくして髪洗ふ

満願の香炉けぶらし梅雨明くる

五重塔その高さもて灼かれたる

真つ白な孔雀緑蔭抜けて来る

炎昼やごつごつ乾く駱駝の背

# ひとことに心安らぐ夕端居

水音の暮れてゆくなり初蛍

姉妹口を閉ざして蛍の夜

蛍火の闇に濃淡ありにけり

棕櫚咲いて背中のあたりむず痒し

正面を避けて坐りぬ蟬しぐれ

花かぼちゃ空が広くて眩しくて

音もなく水の流るる通し鴨

不忍池《しのばず》の風にあづけし蓮浮葉

人影の近寄れば散る水馬

此の家は代々名主桐の花

老鶯に癒されてをり旅二日

落人のこゑかも知れぬ蛍の火

更衣髪梳く風をほしいまま

園児らのじぐざぐに来る青田中

涼し気な雑木林の葉擦れかな

反り橋のほどよき丸み青時雨

夏萩の風を束ねてゐる庭師

礼状の一行涼し父のこと

# Ⅲ

屋久島にて

# 霧去りし奥の混沌紀元杉

ぽつねんと霧湧く島に降り立ちぬ
水澄むやもののけ姫の棲みし森
露けさの杉は千年いのち継ぐ

屋久鹿のうしろに子鹿山雨来る

振り返る牝鹿まなざし深きかな

忽然と霧の中より仏陀杉

屋久島の鹿に小さな突起物

老杉に大き洞あり秋の冷

屋久杉の疵痕著く露時雨

屋久鹿のもの言ひたげや島の秋

露けしや親子の猿の闇に消ゆ

伏してなほ杉は千年霧襖
露の玉苔に触るればやはらかし
神宿る杉に手を触れ秋湿り

手付かずの本に囲まれ昼の虫

艦船に影あり秋の気配満つ

右舷には深き疵あと雁渡し

開港碑色なき風の只中に

遊行忌やいのち惜しめと夕かなかな

切れ切れの弔辞ひぐらしふつと熄む

風の野に一歩真白き時鳥草

草の絮風こまやかに行き渡る

しらじらと明け立秋の厨窓

夕闇に佇んで居て秋風鈴

木の実落つ日暮を急ぐ水の音

ひと群は古代のいろに宮の萩

天領や朝は高鳴る落し水

隧道を苦もなく抜くる赤蜻蛉

小鳥来る影の混み合ふ大欅

鉦一打芭念仏始まりぬ

耳ふかく鉦の音色も秋のこゑ

振り向けば秋の風立つ千枚田

天界に蓮の実のとぶ日和かな

金木犀いつもやさしき風の中

触れたくて触れ得ぬ高さ烏瓜

赤とんぼ忘れ上手な父と居る

秋惜しむ関帝廟は日暮色

時鳥草雨に真白き花掲ぐ

一本は落暉をとどめ里の秋

校正の眼を休めをり二十日月

十六夜に身を解き放ちこころ溶く

自分史に加ふる一句流れ星

# 少年の目のきらきらと鯊日和

月光に力抜いては泳ぎをり

ありなしの風に団栗落つる音

山峡の日差しを密に柿熟るる

地虫鳴く生家に父は居らざりき

父の名の和綴ぢの冊子白露かな

入院の長びいてをり秋暑かな

再びの快癒かなはず天の川

足音も無く帰りゆく盆提灯

深秋や夕日の匂ふ陶土小屋

さはやかや生きとし生ける小さき影

# 遊行寺の闇を灯して曼珠沙華

虫しぐれ朝まで点る部屋ひとつ

露けしや村の外れの街路灯

陶工の朝は寡黙や栗拾ふ

一心に紫紺を重ねとりかぶと

かすかなる蹴轆轤の音秋の暮

つくばひの水足してゐる良夜かな

# 魂祭けふの重たき予定表

秋草の小さきを好む母の墓

幼らと寺の木の実を拾ひけり

あきつ殖ゆ思ひめぐらす罹災の地

木の実降る音沈みゆく被災の地

虫すだく記憶の底のあをむまで

白菊の切羽詰まつて崩れけり

新涼や素肌になじむ母のもの

錦秋の窓を閉ざして稿を継ぐ

# Ⅳ

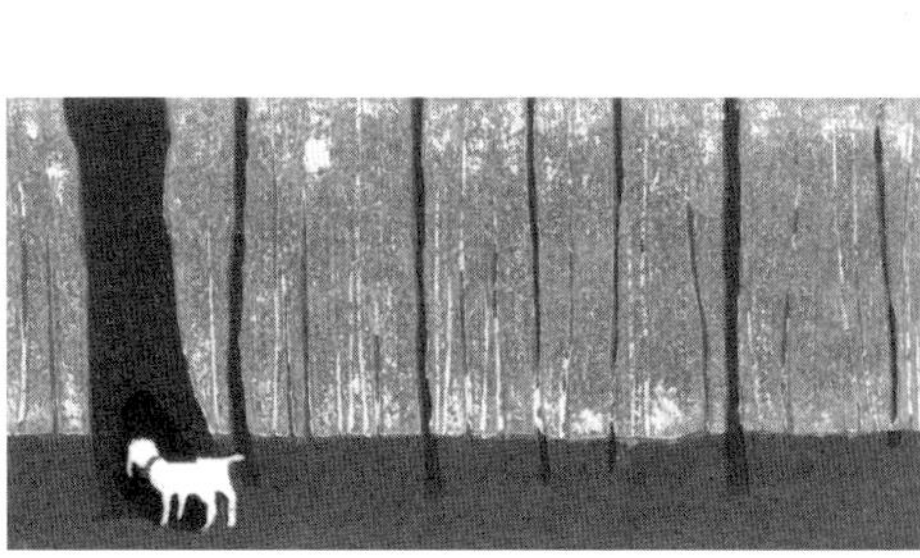

# 泥葱を抱き良寛忌の日暮

# 禅寺のきりりと午後の白障子

寒禽のひかりを零す御空かな

押せば開く枝折戸小さき寒椿

山を背に触れて冷たき四方竹

笹鳴や問はず語りの寺巡り

禅林のきれいに掃かれ藪柑子

三椏の固き蕾の里曲かな

隼の空へそらへと高野槙

松の内とろとろねむるさざれ石

北条の所領に鳴いて寒鴉

もののふの声なきこゑす寒雀

きさらぎの風に痩せたる供養塔

# 修復の観音立像春を待つ

おそろしき鬼も棲むらし豆を撒く
なやらひのぶつきらぼうに終りけり

眠りては覚めては眠る父に雪

やはらかき冬日あまねし飛鳥山

寒鯉の背鰭ゆるりと日を返す

丘晴れて百顆の蜜柑弾みをり

時雨来て余熱の残る滑走路

雨突いて奥より一機冬はじめ

離陸機の轟音寒気引き緊むる

待春や色の濃くなる水平線

癒ゆる日のてのひらに置く寒卵

身の丈の日を浴びてをり七五三

立冬やあすは遠出の旅鞄

一点を追ふ隼の高さかな

# 裏木戸の奥から返事若菜籠

崩れつつ影を失ふ榾火かな

夕空へ腕広ぐる一冬木

胸に抱く一事のありぬ初日記

宿酔の夫にたつぷり根深汁
盛りつけは益子の小鉢赤かぶら

# 入院の卒寿の父へ年賀状

永らへし命うすうす寒牡丹

行く先を誰も知らない冬帽子

薄氷に風の痕跡納税期

橋桁を洗ふ白波ゆりかもめ

川越の商家に大き松飾

どの道も混み合つてゐる寒詣

寒鴉聴き耳たつる時の鐘

父似なる羅漢へ御慶申し上ぐ

肌寒し細身に御坐す羅漢様

酔眼の羅漢像とも冬日中

老僧口もと緩ぶ寒雀

墨を磨る手を休めては冬の月

初しぐれ体内時計オフにして

機嫌よき二つ返事の女正月

陶片の鈍く光りぬ久女の忌

冬花火ときどき息をつぐやうに

霜柱踏まねば行けぬ父のもと

髯を剃り父老い賜ふ懐手

寒雀卒寿を過ぎし父自在

耳もとに父の寝息や雪もよひ

霧笛橋冬の日差しの濃くなりぬ

海に出て翼全開ゆりかもめ

わたしにも翼ください小春空

着ぶくれて上がり框に深く坐す

ひと畝の丈の吹かるる冬菜畑

綿虫の飛ぶしづけさを持ち帰る

# 恙無く正月迎ふ編集子

忌を修すほつほつほつと返り花

雪晴の青き空から鳥の羽根

木枯や山に帰ると置手紙

## あとがき

俳誌「あすか」の創刊五十周年記念として本書を発刊できますことを誠にうれしく思います。

主宰の重責を負い、自問自答の日々ではありましたが、これからは気負うことなく、今日というひと日の出会いを大切にしていきたいと思います。

出版に際し、東京四季出版の松尾正光社長、西井洋子様他大変お世話になりました。記して御礼申し上げます。

平成二十五年九月吉日

野木桃花

著者略歴

野木桃花（のぎ・とうか）本名・弘子

1946 年　神奈川県生れ

1966 年　「あすか」主宰名取思郷に師事

1994 年　「あすか」主宰継承

著書

三人句集『新樹光』（1965 年）、『夏蝶』（1986 年）、『君は海を見たか』（1997 年）、『時を歩く』（2003 年）、『野木桃花の世界』（2009 年）、『俳枕　江戸から東京へ』（2009 年）、『あすか歳辞　稲作』（2009 年）、『かながわの俳枕　上下』（2013 年）、『あすか歳辞』（2013 年）

現代俳句協会会員、日本文藝家協会会員

現住所　〒235-0036　横浜市磯子区中原 2-5-10

俳句四季創刊30周年記念出版　**歳華シリーズ14**

句集　**けふの日を**

発　行　平成25年11月1日

著　者　野木桃花

発行者　松尾正光

発行所　株式会社東京四季出版

〒189-0013 東京都東村山市栄町2-22-28

電話 042-399-2180　振替 00190-3-93835

印刷所　あおい工房

定価　本体2800円＋税

 ISBN 978-4-8129-0772-6　Printed in Japan